NE TOUCHEZ PAS AUX NOMS DES RUES

PAR CAMILLE JULLIAN

DE L'ACADÉMIE FRANÇAISE

MEMBRE DE LA COMMISSION DU VIEUX PARIS

Les Amis d'Edouard

Nº 96

NE TOUCHEZ PAS
AUX NOMS DES RUES

Tiré à 200 exemplaires hors commerce dont :

4 exemplaires sur papier Japon impérial numérotés
1 à 4 ;

Et 196 exemplaires sur Arches numérotés 5 à 200, pour
les Amis d'Édouard.

Exemplaire 

NE TOUCHEZ PAS AUX NOMS DES RUES

PAR CAMILLE JULLIAN

DE L'ACADÉMIE FRANÇAISE
MEMBRE DE LA COMMISSION DU VIEUX PARIS

Les Amis d'Edouard
N° 96

CONFÉRENCE FAITE A L'HOTEL-DE-VILLE
LE 27 JANVIER 1923
A L'OCCASION DU VINGT-CINQUIÈME ANNIVERSAIRE
DE LA COMMISSION DU VIEUX PARIS

A mon cher Confrère et Ami

M. EDGAR MAREUSE

en fidèle et reconnaissante amitié.

Camille Jullian.

J'entends ne parler ici qu'en historien,
curieux des choses du passé, désireux de
rafraîchir de vieux souvenirs. Le point de
vue administratif m'est complètement
indifférent. Entre l'histoire et l'Administration il ne peut y avoir partie liée. Si
l'historien imposait ses intentions ou ses
regrets, nous aurions encore le Grand et le
Petit Châtelet, la Truanderie et le charnier
des Innocents : ce qui exposerait l'Admi-

nistration à de grandes et légitimes colères.
Séparons donc nos domaines. Laissez-
moi parler en toute franchise, sans égard
pour les nécessités du jour ; et que nos
Administrations agissent en toute liberté,
sans égard pour les caprices du passé.

Je désire donc, au nom de ce passé, qu'on
ne change jamais un vocable de rue,
qu'on le laisse tel que les générations disparues l'ont créé, transformé, déformé
même. Pour moi, le nom d'une rue est
comme celui d'une ville, comme celui
d'une famille ; il est l'œuvre du temps,
qui l'a façonné pour celui qui le porte ;
il a pris ses racines sur le sol ou dans la
famille, il faut l'y laisser, il ne nous appar-
tient plus.

                    Ne touchez pas

*
* *

Jamais le monde d'autrefois n'eût compris qu'une rue, une place fût qualifiée d'après quelque événement du jour, quelque personnage de l'histoire : c'était la rue qui faisait son nom, avec son aspect, ses monuments, son histoire à elle. La raison d'être de son nom était essentiellement tirée d'elle-même ; elle était locale et topographique.

Je parle de l'époque romaine tout d'abord. Voici, à Rome, la *via sacra* : C'était en effet la « voie sacrée » par excellence, celle des sanctuaires essentiels, des cortèges triomphaux ; la vie propre à cette voie avait déterminé son nom. Vous me direz : mais il y avait à Rome un forum de Trajan, le grand empereur. Sans doute, mais c'est parce que ce forum, cette place était l'œuvre de Trajan : ce nom de *forum de Trajan* perpétuait la première et plus importante page de l'histoire de cette place. Voilà pourquoi j'estime que les plus farouches des républicains de Marseille auraient pu accepter sans colère que la grande rue nouvelle, percée par le Second Empire, continuât à s'appeler — au lieu de rue de la République — rue Impériale : car c'était bien l'Empire qui l'avait faite, et cela, on ne le changera jamais.

Voici, à l'époque romaine encore, et à Paris, une rue — elle correspond à peu près à la rue de la Harpe, au boulevard

Saint-Michel, à la rue Denfert-Rochereau — on l'appelait la *via Infera*, c'est-à-dire la « voie d'en bas » : on l'appelait ainsi, parce qu'elle était en contre-bas de la rue principale, la grande route d'Orléans, aujourd'hui la rue Saint-Jacques ; la situation faisait le nom. — Pauvre *via Infera* ! ce nom a été victime de deux calembours : d'abord un calembour populaire : *Infera*, qui signifie « d'en-bas, inférieur » est devenu « enfer », et dans cette rue d'enfer le populaire a mis à cœur-joie quantité d'histoires diaboliques ; puis l'Administration est intervenue, et a mis là son calembour officiel et patriotique, et la rue est devenue rue Denfert-Rochereau [1].

1. *Décret du 30 juillet 1878.* — Mon cher confrère M. Edgar Mareuse a bien voulu me rappeler à ce propos

Il y avait à Metz, à l'époque romaine,
et il a pu parfaitement y avoir à Paris,
une rue de la Paix, *vicus Pacis*, une rue de
l'Honneur, *vicus Honoris*. N'allez pas croire
que ce fût une manière de célébrer la
paix romaine ou l'honneur impérial.
C'est qu'il se trouvait un temple de la
Paix dans le *vicus Pacis*, et qu'il se trouvait
dans le *vicus Honoris* une société d'anciens
soldats, de vétérans, qui portaient leurs
dévotions périodiques à un temple de
l'Honneur. La rue ne célébrait ni gloires,
ni vertus, ni victoires : elle était un certain
emplacement, qui devait son nom à la

deux autres calembours administratifs. La rue du
Chemin-de-la-Croix (à Passy), devenue rue Eugène-
Delacroix (10 août 1868) ; la rue des Grandes-Carrières
(à Montmartre), devenue rue Eugène-Carrière (24 juin
1907).

                                    Ne touchez pas

nature ou à la fonction de cet emplacement, et rien d'autre : aucun but politique ou moral n'apparaissait à son horizon.

Le Moyen-Age n'a pas procédé autrement que l'Antiquité. L'élément topographique domine absolument et jalousement le nom de ses rues. Si vous avez en France, dans nos vieilles communes, tant de « rue Neuve », c'est parce que, au douzième siècle, de nouveaux faubourgs se créèrent aux portes des vieilles cités épiscopales : l'histoire de ces rues a fait leur nom. Ailleurs, c'est leur aspect : et voici les rues Torte ou « Tordue », les Grandes Rues, innombrables. Paris en avait deux sur la rive gauche, l'une et l'autre étaient, en effet, les rues principales, le commencement de grandes

routes : « Grande Rue Saint-Jacques » ou
route d'Orléans, « Grande Rue de la
Montagne Sainte-Geneviève » ou route
de Lyon. Puis, ce sont les habitants émi-
nents des rues qui interviennent pour les
dénommer : rue des Lombards, par
exemple, et si l'on faisait l'histoire de
toutes les villes de France qui portent ce
nom, nous aurions un bien curieux
chapitre de l'histoire de l'installation, chez
nous, des banquiers italiens ; et rue des
Prêtres-Saint-Germain-l'Auxerrois, ce qui
rappelle le groupe sacerdotal d'une des
églises souveraines de Paris. Et encore,
c'est l'enseigne de l'auberge qui fait le nom
de la rue, comme ces curieuses rues du
Sauvage qui abondent dans l'Ile-de-France
et ailleurs.

                    Ne touchez pas

Pas une seule fois, que je sache, le Moyen-Age ne dévia de la raison topographique. Qu'on ne m'objecte pas qu'à Bor-, deaux, à la Rochelle, sans doute ailleurs, nous avons des rues qui rappellent les noms d'illustres habitants de la ville, maires ou seigneurs. C'est que ces maires ou ces seigneurs avaient leur logis en ces rues : les noms étaient là à titre d'indication et non pas de glorification.

Et ainsi, peu à peu, nous arrivons au seizième siècle, qui continua les vieilles et séculaires habitudes ; nous arrivons même au temps de Henri IV, où, alors, quelque chose de nouveau apparaît, prélude d'une transformation toponymique.

*
* *

Nous voyons apparaître, un peu partout en France, des places Royale et des places Dauphine ou des portes Dauphine. Voilà le commencement de la nouvelle histoire : la rue, la place, la porte, reçoivent le nom des deux puissances du jour, le Roi et le Dauphin. La religion de la royauté, qu'inaugure le premier des Bourbons, va avoir en quelque sorte son lieu de culte dans des endroits fameux de cités françaises.

Mais l'histoire ne fait pas plus de saut que la nature. Dans ces qualificatifs nouveaux de place ou de porte Royale ou

Ne touchez pas

Dauphine l'élément honorifique, qui est nouveau, ne fait pas encore disparaître l'élément topographique, qui est ancien. Ces portes, ces places, ont été bâties au moment de la naissance du Dauphin : leur nom rappelle leur histoire. Elles vont recevoir une statue du roi : leur nom rappelle leur monument principal. Et l'admirable de La Mare, dans son traité de la Police, qui est un pur chef-d'œuvre d'administration et de science, ne manquera pas de dire que toute place Royale est faite pour glorifier le roi et porter sa statue.

Il n'empêche que le branle est donné, et que peu à peu, par la brèche royale, toutes les religions officielles, nationales, humaines, vont passer pour marquer les

rues à leur empreinte. Adieu les bons
vieux noms qui appartenaient à la rue et
à qui elle appartenait : la rue n'est plus,
au moins du fait de son nom, qu'un
instrument de la vie publique, un agent
politique.

Je marque les étapes. Voici d'abord,
derrière le roi, l'arrivée des grands seigneurs
— les rues de Condé, — celle des arche-
vêques — les rues de Rohan, — celle des
gouverneurs de province — les cours
d'Albret, — celle des intendants — les bou-
levards d'Etigny ou places de Tourny. Et
cependant, malgré tout, même avec ces
noms de gloire, la valeur topographique
de la rue persistait à ne pas disparaître.
Car, après tout, les allées de Meilhan sont
l'œuvre de M. de Meilhan, à Marseille, et

          Ne touchez pas

les allées de Tourny l'œuvre de M. de
Tourny, à Bordeaux.

Mais alors arriva la Révolution, et cette
fois ce fut la débâcle. Tous les noms de
rues durent se plier à une règle inflexible, à
laquelle n'échappèrent même pas les noms
de villes. Le nom dut signifier quelque
chose, non pas quelque chose de l'histoire
ou de la vie de la rue, mais quelque chose
de l'histoire ou de la vie de l'humanité. Il
devint en quelque sorte un effet de la logi-
que ou de la raison révolutionnaire ; il fut
marque et témoin de la pensée générale ;
il fut, pour ainsi dire, acte de foi ou geste
de reconnaissance. Et on eut, ici, le quartier
des grands hommes — rues Voltaire, Rous-
seau, Montesquieu ; — ici, les places des
mois du calendrier nouveau — Frimaire

ou Pluviôse ; — ailleurs, les noms à prin-
cipe — Concorde ou Révolution, Raison ou
Être Suprême. Et je connais une ville, et
non des moindres, où une rue importante
s'appelle rue Esprit-des-Lois, sans que je
sache si ce nom rappelle l'ouvrage fameux
de Montesquieu ou ne rappelle pas
l'Esprit de Sagesse qui doit présider aux
lois révolutionnaires.

Et maintenant, c'est fini. Je veux dire
par là que la rue n'est plus la maîtresse
de ses destinées, de son nom, mais qu'elle
est devenue — non pas même un organe
d'administration publique — mais un
organe de gouvernement, de propagande,
de combat.

Nous sommes sous l'Empire, et les rues
Impériales et les rues aux noms de victoi-

res, Ulm ou Iéna, se multiplient. Mais la
Restauration arrive, et apparaissent les
voies de la Charte. Et puis, ce sont les La
Fayette et le général Foy avec le Gouvernement de Juillet et ainsi de suite ; avec,
bien entendu, les débaptisations périodiques, les changements de noms, aussi
inévitables que ceux des uniformes de la
Garde Nationale ou des vignettes des
papiers timbrés.

De proche en proche, l'usage des noms
commémoratifs passe au profit, non plus
seulement des souvenirs politiques, des
gloires nationales, mais aussi des gloires
locales. La liste des noms de rues devient
un répertoire des célébrités de l'endroit :
Groult remplace à Vitry la rue d'Oncy, et
Roques de Fillol, à Puteaux, la rue des

Coutures. Et c'est dans cette période d'histoire topographique que nous vivons. Si bien que, je me permets de dire, sans faire du reste la moindre allusion politique : Dieu nous garde d'une réaction ou d'une révolution ; car réaction ou révolution transformerait notre vocabulaire viographique en un jeu de massacres dans les Bottin ou les Tout-Paris.

*
* *

Voulez-vous maintenant me permettre de dire, toujours en toute franchise, ce que je pense du système contemporain, le système commémoratif, c'est-à-dire dénommer les rues d'après des faits d'histoire générale, sans aucun rapport avec

Ne touchez pas

l'histoire de la rue, transformer les plaques indicatrices en dédicaces de souvenirs ?

J'en pense beaucoup de mal et je dis
que c'est en réalité un moyen très médio-
cre, très maladroit, de célébrer nos gloires.
J'aimerais mieux autre chose, de plus opé-
rant, de moins imprudent.

1° D'abord, certaines de ces gloires du
présent ne sont pas sanctionnées pour
toujours. Nous risquons d'avoir, sur les
plaques, des noms qui ne sont plus ceux
de grands hommes, qui ont cessé de
plaire. Nous avons failli avoir une rue
Lloyd-George. Procéderons-nous donc à
des lavages périodiques, à des effaçages de
noms passés à l'état de médiocrités ?

2° Le public se rend très malaisément

compte, à propos des noms de rues, qu'ils servent à glorifier tel personnage célèbre. Il fait très difficilement le passage du nom de la rue au personnage commémoré. Le nom de la rue, pour lui, c'est un mot jeté rapidement sur une enveloppe de lettre, donné clairement mais vite à un cocher, c'est une rubrique de renseignements, et pas autre chose. En faire le prétexte d'une leçon d'histoire, d'une pensée de reconnaissance, c'est trop demander au public. J'habite rue Guynemer : c'est le nom d'un héros célèbre entre nous, digne entre tous de notre gratitude. Eh bien ! j'ai souvent remarqué ceci : quantité de gens, qui connaissent et qui ont fréquenté Guynemer, ne se doutent pas, en se servant du nom de cette

Ne touchez pas

rue, qu'il est celui du fameux aviateur. A combien peu de riverains de la rue Soufflot vous apprendrez qu'il s'agit là de l'architecte du Panthéon ! Moi-même, si curieux d'histoire que je sois, je ne peux pas m'habituer, en lisant les noms de rues, à faire l'effort nécessaire pour me rappeler l'œuvre des titulaires de ces noms, Cujas ou Champollion. Et si je le fais par devoir d'historien, immanquablement je perds mon chemin, et l'effort que j'ai fait pour comprendre le nom de la rue n'a servi qu'à me faire manquer ma route.

3° Il en résulte que ces noms illustres, que la rue n'a pas créés, qu'on a imposés à la rue, sont guettés par le calembour, par la déformation populaire. Le public est simpliste ; il veut un nom qui signifie quelque chose, ou, à défaut, un nom qui ne signifie rien ; je m'entends : soit un nom commun — rue des Fèves, rue du Puits, rue aux Ours, rue de l'Arbre-Sec ; — soit un nom propre, qui soit celui de la rue, et rien que le sien, comme nos noms nous appartiennent — rue Zacharie, rue Saint-Jacques, etc. Le résultat est que, quand les noms nouveaux sont difficiles à retenir, ou quand ils voisinent, de son ou d'aspect, avec un nom commun, facile à comprendre et à retenir, le changement, le calembour, s'opère très vite. Je ne crois pas qu'il faille beaucoup de temps pour que la rue Dupuytren s'appelle rue du Pétrin. Et déjà les gens du quartier de la rue Vercingétorix disent couramment rue

   Ne touchez pas

de Vingt-cinq Liquoristes : au moins, cela signifie quelque chose. Pauvres glorieux héros arverne ! A quelle transformation bistrocratique on l'a exposé en le plaquant comme nom de rue !

4° Un autre inconvénient, et très grave, peut atteindre le nom qu'on veut glorifier. Nous ne sommes pas les maîtres de l'avenir des rues. Qui sait si cette belle rue d'aujourd'hui, propre et honnête, ne deviendra pas un jour un affreux réceptacle de taudis ? Alors, voilà son nom glorieux appliqué à désigner une ruelle abominable. Il y a un siècle et demi, un archevêque de Bordeaux, Rohan, pour rendre hommage à un grand saint breton, son patron Mériadec, donna ce nom de Mériadec à une rue qu'il fit bâtir sur les terrains de l'Archevê-

ché. Dieu sait ce qu'est devenue cette rue,
et ce que signifie à Bordeaux le nom de
Mériadec. Le mot est devenu nom commun, très commun, très vulgaire. . Ce
pauvre saint Mériadec, de par une plaque
de rue, est devenu le complice des tru-
ands et des ribauds, et, par convenance,
je n'ajoute pas d'autres épithètes.

5° Voici un autre inconvénient d'ordre
moral et social, mais dont d'ailleurs je
n'exagérerai pas la gravité. Le nom d'une
rue ancienne, par exemple rue des Bour-
bonnais, rue Montorgueil ou rue Saint-
Jacques, — les vraies rues de Paris, celles-
là, les rues anciennes, qui ont un passé,
une histoire, qui sont non pas seulement
des lignes de passage, mais des lieux de
séjour, — le nom de ces rues, dis-je,

                    Ne touchez pas

éveille une sorte d'amour-propre, de soli-
darité, j'ose presque ajouter d'orgueil de
quartier, de patriotisme local. Si l'on est
fier de sa rue, c'est un peu parce que le
nom s'y perpétue et qu'il y perpétue de
très vieilles habitudes. Il est un des éléments de la communion, de l'entente
morale de ses habitants. *Nomen, numen,*
disait-on : il y a un élément divin dans
un nom qui dure. Je force évidemment la
note. Mais enfin le nom d'une rue antique,
comme rue Saint-Jacques ou rue du
Vieux-Colombier, a sa valeur à demi mys-
tique, littéraire et historique à la fois : la
rue du Vieux-Colombier, c'est là qu'habi-
tèrent de fameux mousquetaires, et vous
savez la place que lui a donnée Alexandre
Dumas dans la jeunesse de d'Artagnan ;

et c'est aujourd'hui le nom d'un théâtre
qui fait date dans la vie esthétique de
Paris. Je vous en supplie : n'y touchez
pas, car il est devenu à demi sacré. L'ha-
bitant de cette rue n'en reçonnaîtra plus
le passé, si vous en changez le nom ; et
aussi, il l'en aimera moins, il en sera
moins fier. Le nom lui sert de signe d'atta-
che avec le passé, et, en même temps,
d'occasion d'accords, de mot d'ordre, de
signe de ralliement dans la vie collective
du présent. Et nous avons tellement
besoin, pour renforcer notre vie nationale,
de respecter et de multiplier et les éléments qui touchent au passé et les éléments qui touchent au sol, que je voudrais
ne pas sacrifier même les plus humbles de
ces éléments, qui sont les noms des rues.

                        Ne touchez pas

6° Enfin, et c'est ici que je me permets
de faire intervenir le regret de l'historien,
changer le nom d'une rue, c'est supprimer
un souvenir du passé, un indice qui nous
permet de remonter jusqu'aux temps dis-
parus ; c'est — excusez-moi si je dramatise
— supprimer les vénérables témoins des
âges d'autrefois. Je prends quelques exem-
ples : la rue Broca est l'ancienne rue de
Lourcine. Mais Lourcine, ce n'est pas
seulement une joyeuse comédie de Labi-
che, une caserne qui eut son heure de
célébrité, c'est une église pleine de choses
d'art, et Lourcine encore, c'est le plus
vieux quartier suburbain du Paris de la
rive gauche, Lourcine, dont le nom mys-
térieux remonte aux arpentages de l'époque des empereurs romains. Ne touchez

pas plus à Lourcine qu'à Mouffetard ou à
Saint-Jacques. — Vous avez, à Vitry,
donné le nom de Groult, le bienfaiteur de
la ville, à la vieille rue d'Oncy, sous le
prétexte que d'Oncy ne signifiait rien.
Précisément, s'il ne signifiait rien pour le
gros public, il fallait le garder. En outre
et d'autre part, il signifiait quelque chose
pour les historiens : c'était le nom
primitif du Petit-Vitry, de ce domaine
d'Oncy qui, lui également, remontait à
l'époque romaine. — Il y avait, dans le
vieux Puteaux, deux quartiers essentiels :
celui des bonnes terres, semées en blé,
qu'on appelait le quartier des Cultures
ou Coutures, dans le bas, vers l'actuelle
rue de Paris ; et dans le haut, en montant
vers le plateau, il y avait le quartier des

                      Ne touchez pas

mauvaises terres, des landes, des Larris —
vieux mot français de notre terroir qui
signifie landes : et Puteaux eut pendant
longtemps la rue des Coutures et la sente
des Larris, témoins très respectables d'un
très ancien passé. Ce sont aujourd'hui la
rue Roques-de-Fillol et la rue Michel-
Montaigne. Ainsi, sous prétexte de
commémorer la vie de quelques hommes,
passants d'un jour, vous cessez de commémorer la vie de la terre éternelle ou des
travailleurs anonymes. J'avoue pour ma
part que je ne voudrais jamais d'autre
nom aux rues des Coutures à Puteaux ou
ailleurs, ni aux rues des Vignes dans le Ve ou
le XVIe arrondissement, parce que Coutures
ou Vignes cela signifie partout le travail
fécond et patient de générations disparues,

l'effort de milliers de laboureurs pour faire de la bonne terre ; cela représente pour moi le travail de Jacques Bonhomme, et je préfère, quand je suis sur une portion du sol de France, je préfère Jacques Bonhomme à Michel Montaigne et à Roques de Fillol. Cela ne m'empêchera pas de m'incliner devant la mémoire de Roques de Fillol et de relire avec admiration les *Essais* de Michel Montaigne. Mais quand je suis sur un terrain que l'homme a défriché, je veux qu'on me parle des cultures ou des vignes de Jacques Bonhomme. — Allez-vous donc faire disparaître la rue des Imbergères à Sceaux, souvenir d'une vieille ferme-auberge ? notre rue de la Tombe-Issoire, extraordinaire souvenance d'une épopée fameuse ?

                              Ne touchez pas

Et le Roule de Neuilly, vieux nom plus
vieux que les rues ?

*
* *

Car il est arrivé ceci, et très souvent,
que les .noms sont plus vieux que les
rues, et non pas, comme dit le proverbe,
vieux comme les rues. Ces noms anti-
ques sont des noms de quartiers, qui se
sont, à la fin, localisés sur la rue principale. Les Larris, avant d'être le nom d'un
chemin de Puteaux, ont été celui de toute
la montée des plateaux ; et le nom de
Lourcine, c'est le nom primitif de tout
le bas-fond de la Bièvre parisienne. La rue
a appelé, si je peux dire, le nom du
quartier ; elle l'a fixé sur elle ; elle l'a

conservé ; c'est un gros morceau de notre sol dont elle raconte l'histoire.

Faites comme la rue elle-même, soyez conservateurs en cette matière. Respectez les noms que le passé vous a laissés. Ils sont l'œuvre anonyme des morts. Et nous n'avons pas le droit de toucher, par pur caprice du moment, à l'œuvre des morts, qui nous ont fait ce que nous sommes. — Je parle, je le répète, en historien. Et je laisse à l'Administration le soin de maintenir les droits raisonnables du public sur les morts et sur les vivants.

IMPRIMERIE

F. PAILLART

ABBEVILLE

—

Février 1926

www.ingramcontent.com/pod-product-compliance
Lightning Source LLC
LaVergne TN
LVHW020553060726
842525LV00004B/1435